Le fantôme du parc

Felicity Everett

Adaptation de Lesley Sims

Illustrations d'Alex de Wolf

Texte français de France Gladu

Éditions SCHOLASTIC

Table des matières

Chapitre 1

La foire est en ville!

C'est vendredi. Sur le chemin de l'école, Julot Beausoleil voit une affiche. La foire est en ville!

Ce soir-là, Julot est si excité qu'il a du mal à dormir.
Enfin, c'est samedi. Il pourra aller au parc d'attractions!
Mais d'abord, il doit trouver quelqu'un pour l'accompagner.

Papa n'est même pas habillé.
Comment peut-il être occupé?

Papa agite le journal devant le nez de Julot.
Julot tente alors sa chance auprès de sa mère.

— Il y a 70 super manèges! insiste Julot.
— Et j'ai 70 super tas de linge à repasser, répond sa mère. Pourquoi ne pas demander à ta sœur?

Julot grimace. Sa sœur Martine passe tout son temps au téléphone. Mais il doit absolument trouver quelqu'un pour l'accompagner.

Ben est le petit ami de Martine. Julot grogne. Elle risque de passer des heures au téléphone!

— Mais le parc est ouvert maintenant! dit Julot.
Martine lui jette un regard furieux.
— Bon, bon, d'accord, mais ça ferme à 22 heures, ajoute-t-il.
— Chuuut! dit Martine.

Julot retient son souffle. Il compte jusqu'à dix. Puis il compte encore jusqu'à dix. Enfin, Martine le regarde.
— C'est bon, la peste, dit-elle. On t'emmène.

Julot court vider sa tirelire. Il va au parc d'attractions!

Chapitre 2

Le train fantôme

Julot, Martine et Ben se promènent dans le parc d'attractions.

Les lumières scintillent. Les gens rient. Une vingtaine de chansons pop retentissent en même temps.

Martine et Ben foncent droit vers le Tunnel de l'amour.
— Oh non! dit Julot. Pas ça!
Il préfère un manège terrifiant.

En fait, il
veut avoir
vraiment peur.

Julot regarde un panneau qui indique cinq manèges. Il sait ce qu'il lui faut! Le train fantôme. Ce sera parfait.

Il repère vite le train fantôme et monte à bord.

Le train fait une embardée et s'engage dans le tunnel.

Il plonge tout à coup dans l'obscurité. Des revenants et d'effrayants squelettes lumineux surgissent dans le noir. Les gens hurlent. Les fantômes gémissent en retour.

Julot est ravi. Il voulait un manège terrifiant et celui-ci fait très, très peur. Il est si occupé à regarder un vampire sortir de son cercueil…

qu'il ne voit pas ce qui se cache derrière lui. Il pousse un cri.

Il a si peur que sa chair de poule en a la chair de poule!
Puis le train prend le virage final et un petit fantôme apparaît.

Mais le petit fantôme n'est pas épeurant. C'est même la chose la plus drôle que Julot ait jamais vue de sa vie.

Chapitre 3

Le peuromètre

Julot rit encore lorsqu'il descend du train.

— Qu'est-ce qu'il y a de si drôle? demande un homme tenant une planchette à pince.

— C’est à cause du petit fantôme! répond Julot en s’esclaffant.
Il n’a pas vu l’insigne de l’homme. Il ne sait pas qu’il s’agit d’un inspecteur de fantômes. L’homme semble contrarié. Julot s’inquiète.

L'inspecteur de fantômes va voir le propriétaire du train fantôme.

— Saviez-vous qu'il y avait un fantôme comique dans votre train fantôme? dit-il. Allez le chercher immédiatement!

Le propriétaire du train fantôme est surpris. Mais on ne discute pas avec l'inspecteur. Alors, il appelle le petit fantôme.

Julot commence à regretter d'avoir ri. L'inspecteur de fantômes semble vraiment très en colère.
— Attends que je teste ce fantôme sur mon peuromètre! dit-il.

Le petit fantôme apparaît. Il n'a plus l'air si drôle, à présent.

— Allez, sors! dit le propriétaire du train. Tu dois passer un test.
Le petit fantôme est terrorisé.

Julot ose à peine regarder. Qu'arrivera-t-il au petit fantôme s'il échoue au test?

Chapitre 4

Le test

L'inspecteur de fantômes tient son peuromètre et dit au petit fantôme :
— Sois aussi épeurant que possible.

Le petit fantôme inspire
profondement...
et crie.

La flèche du peuromètre tremblote. Le petit fantôme est-il épeurant?
L'inspecteur vérifie.
— Je m'en doutais! dit-il. Pas épeurant du tout!

— Déguerpis! crie le propriétaire du train au petit fantôme. Et ne reviens plus!

Et il ajoute :

— Les fantômes drôles ne sont pas admis dans mon train.

— Et quoi encore! dit l'inspecteur. Des fantômes drôles! Non mais!

Le petit fantôme s'envole tristement.
Julot court derrière lui.
— Attends! lui crie-t-il. Hé! Ne t'en va pas!
Il essaie de le rattraper.

— Ne sois pas triste, dit Julot en s'approchant du petit fantôme. Le parc est un endroit si amusant. Pourquoi ne pas rester et t'amuser?

Chapitre 5

Une peur… verte

Julot décide d'emmener le fantôme au carrousel. On ne peut pas être triste, sur ce manège-là! Julot a raison. Le petit fantôme n'est pas triste... Il a une peur atroce!

Julot propose alors d'essayer les montagnes russes. Le petit fantôme hésite.
— Bon… dit-il peu après.
Julot le traîne jusqu'au manège.

— C'est vraiment génial! Tu vas voir, tu vas adorer! dit Julot.

Julot a raison. Au début, le petit fantôme est ravi.

— C'est amusant! dit-il en s'assoyant.

Puis le manège démarre…

Julot est électrisé. Le manège tourne brusquement et fait des boucles. Julot, aux anges, crie très fort, mais pas le petit fantôme. Il est vert de peur.

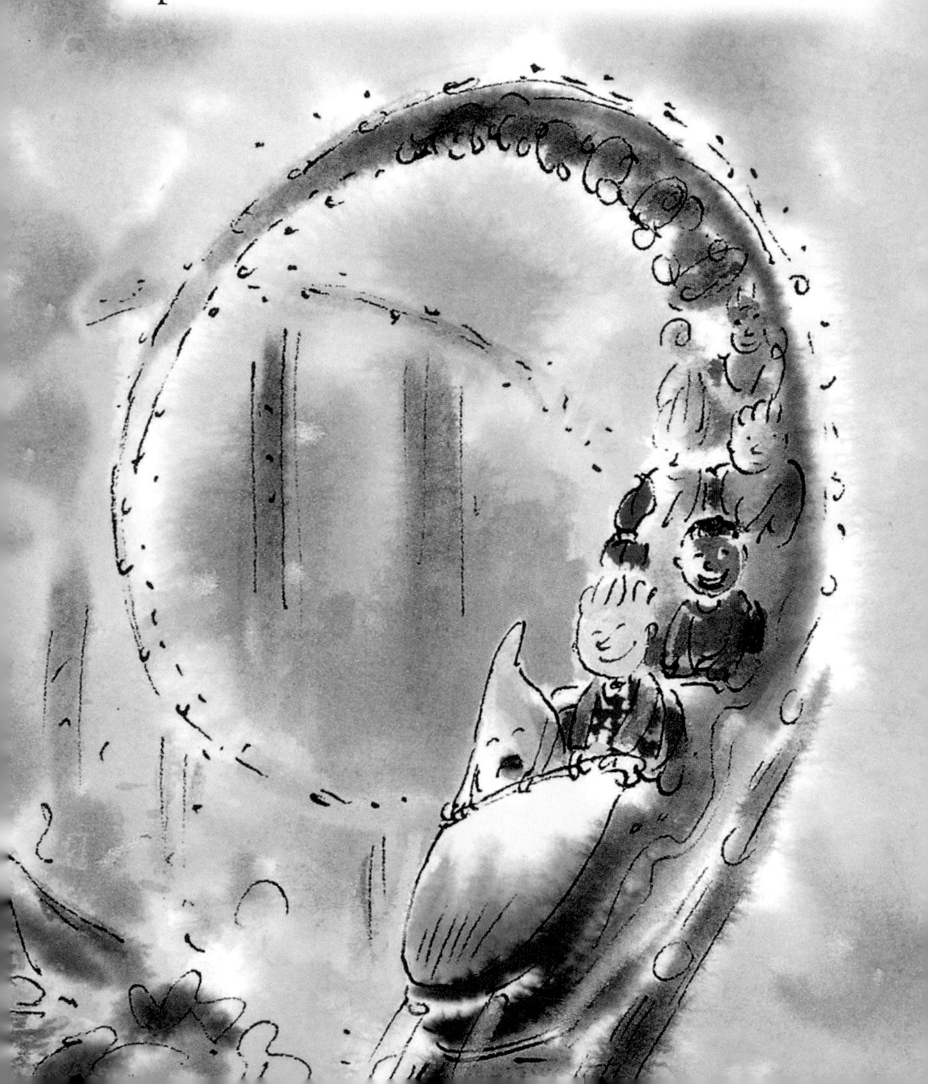

Julot salue de la main les promeneurs, en bas dans le parc. Le petit fantôme n’arrive pas à regarder. Il garde les yeux fermés jusqu’à la fin.

Le petit fantôme quitte les montagnes russes tout piteux. Julot réfléchit. Il doit remonter le moral de son nouvel ami. Mais comment? C'est alors qu'il a une idée.

Chapitre 6

L'énorme fantôme terrifiant

Débordant d'enthousiasme, Julot se met à courir. Le petit fantôme résiste.

— Où allons-nous? demande-t-il. Promets-moi que ce ne sera pas épeurant.

— C'est promis! dit Julot. Maintenant, ferme les yeux!
— Tu es sûr que ce n'est pas épeurant? demande le petit fantôme tout tremblant.
— Pas plus épeurant que toi, répond Julot.
Le petit fantôme n'est pas convaincu.

— Où sommes-nous? gémit-il.
— On arrive, dit Julot. Tu peux ouvrir les yeux...

maintenant!
— AAAAAAAAAARRRRRH!
crie le petit fantôme en apercevant son propre reflet.
Il se précipite hors de la tente en hurlant de toutes ses forces :
— AAAAAAAAAARRRRRH!

MAISON HANTÉE

Les hurlements sinistres du petit fantôme retentissent aux quatre coins du parc. Tous les gens – ou presque – sont terrorisés.

Julot court après le petit fantôme.
— Reviens! crie-t-il.
— Je ne peux pas! dit le petit fantôme. L'énorme fantôme terrifiant va m'attraper!

Le petit fantôme s'arrête net. Julot a-t-il raison?

— Ce fantôme terrifiant, c'était moi? C'est vrai? Tu en es sûr? Moi? bredouille-t-il.

Julot et son ami retournent voir le propriétaire du train fantôme. Peut-être acceptera-t-il de donner une autre chance au petit fantôme?

Mais le propriétaire du train n'a même pas remarqué que le petit fantôme a terrorisé tout le monde au parc.

Julot persuade l'homme de faire repasser le test du peuromètre au petit fantôme. L'homme accepte, même s'il croit que ce sera inutile.

Fais ce que tu
as fait quand tu as vu
le fantôme effrayant
dans le miroir.

Tout le monde regarde le peuromètre que tient Julot. Le petit fantôme inspire profondément, lève les bras et hurle.

Son cri glace
le sang. Même
Dracula en tremble.

L'inspecteur de fantômes doit admettre que le petit fantôme est terrifiant. Le propriétaire du train est enchanté.

— Voyez-vous ça! dit-il à l'inspecteur. Et s'adressant au petit fantôme, il ajoute :

— Tu es de nouveau le bienvenu! Tu seras la nouvelle vedette du spectacle. Tout le monde se réjouit du retour du petit fantôme. Enfin, presque tout le monde.

Grâce au petit fantôme plus épeurant que jamais, le train fantôme devient le manège le plus populaire du parc d'attractions. Les gens attendent des heures, rien que pour voir la vedette.

TRAIN FANTÔME

Certains ont si peur qu'ils ressemblent aux zombies du manège quand ils ressortent!

Puis ils partent en titubant, les jambes tremblantes… et reviennent au manège faire un autre tour.

Le petit fantôme n'a jamais été aussi heureux – ni aussi effrayant. Quant à Julot, il peut faire tous les tours de manège qu'il veut gratuitement, grâce à son ami le fantôme du parc.

Conception graphique :
Katarina Dragoslovic et Maria Wheatley

Catalogage avant publication de Bibliothèque et Archives Canada

Everett, Felicity
Le fantôme du parc / Felicity Everett ; adaptation de Lesley Sims ;
illustrations de Alex de Wolf ; texte français de France Gladu.

(Petit poisson deviendra grand)
Traduction de: The fairground ghost.
Pour les 7-10 ans.

ISBN 978-0-545-98218-4

I. Sims, Lesley II. De Wolf, Alex III. Gladu, France, 1957- IV. Titre.
V. Collection: Petit poisson deviendra grand (Toronto, Ont.)

PZ23.E96Fa 2009 j823'.914 C2009-901869-1

Édition publiée par les Éditions Scholastic,
604, rue King Ouest, Toronto (Ontario) M5V 1E1,
avec la permission d'Usborne Publishing Ltd.

5 4 3 2 1 Imprimé à Singapour 09 10 11 12 13